LE
XIXE SIÈCLE.

Nisi Dominus ædificaverit domum,
in vanum laboraverunt qui ædificant
eam.

(Psaume 126).

PERPIGNAN.

IMPRIMERIE DE J.-B. ALZINE,

Rue des Trois-Rois, 1.

1862.

LE
XIXᴱ SIÈCLE.

Nisi Dominus ædificaverit domum,
in vanum laboraverunt qui ædificant
eam.

(Psaume 126).

PERPIGNAN.

IMPRIMERIE DE J.-B. ALZINE,
Rue des Trois-Rois, 4.

—

1862.

LE
XIXE SIÈCLE.

PREMIÈRE PARTIE.

Époque fabuleuse, âge mythologique,
A jamais consacré par le livre homérique,
Tout rempli des exploits de demi-dieux brigands !
Vous qui, venus plus tard, fûtes appelés GRANDS,
Siècles si renommés de Périclès, d'Auguste,
Votre gloire jadis a pu paraître juste ;
Mais vous ne m'offrez plus qu'un passé démoli,
Ou des mythes grossiers que réclame l'oubli !

    D'un futur merveilleux vous étiez la préface,
Le jalon qu'autrefois Dieu planta dans l'espace ;
Au feu de mon soleil votre erreur se dissout,
Sur vos ruines, seul, je demeure debout.

    Inclinez-vous ! je suis le siècle des miracles,
Les antres sibyllins pour moi n'ont plus d'oracles ;

La vieille Pythonisse à ma voix se soumet,
Et le sphinx à Memphis est demeuré muet.
J'ai lu de Denderah les longs hiéroglyphes,
Et trouvé le vrai sens des livres apocryphes;
Des langes de l'erreur j'ai tiré la raison,
Et de l'esprit humain renversé la prison.
Comme réalité, mon souffle fait éclore
Ce qui pendant longtemps fut une métaphore :
Plus rien de figuré, rien de spéculatif;
J'étends sur l'univers mon sceptre positif.
A quoi peuvent servir ces vaines théories
Et ces préceptes pris à des sources taries ?
A rien !... car notre époque, avide de jouir,
Veut vivre et non toujours s'occuper de mourir.
Le spectacle, les jeux, le luxe, l'opulence,
Voilà ce que veut l'homme; et cette jouissance
Est certes bien permise à celui dont les jours
Sont, hélas! si troublés dans leur rapide cours.
Aussi prenant pitié des vœux de sa souffrance,
A ses moindres désirs j'ai voué ma puissance.
J'ai conquis l'univers, et, roi des éléments,
Je fais sa nuit plus douce et ses jours plus cléments.
   Non-seulement les arts, mais le feu, l'air, la terre,
Les éléments divers que notre globe enserre,

Ou je les tiens captifs, enchaînés à mon char,
Ou j'en fais des plaisirs un immense bazar,
Dans lequel l'ouvrier, dont j'ai pris la tutelle,
Peut se faire sa part et choisir la plus belle.

Cet ouvrier, je veux que de l'enseignement
Il ait sucé le lait, et que cet aliment
Lui fasse mieux goûter et rendre triomphante
L'œuvre que je conçois et que la presse enfante;
Qu'il puisse apprendre ainsi son pouvoir et ses droits,
Et briser les liens des préjugés étroits.
Je veux que, sachant lire, il discute les actes
De son gouvernement, pour juger si les pactes
Qui les lient entre eux sont toujours respectés;
Car, sans cela, comment sauver ses libertés?

Mais ce n'est pas assez : je me montre économe
Tout aussi bien du corps que de l'esprit de l'homme;
J'ai soumis à ses lois des esclaves de fer,
Et dans des blocs de fonte emprisonné l'éther.
Ainsi, que devant moi tout passé se prosterne!
Je suis le siècle d'or, le Dieu du temps moderne.
Voyez tous mes vaisseaux au panache mouvant
Voguant en sens contraire, insoucieux du vent;
Pour donner des rivaux à ces volcans mobiles,
Par des rubans de fer j'ai relié les villes :

Coursier aux pieds légers, aux robustes poumons
Mon *tender* sur ses reins pourrait porter des monts.

Perçant le dur rocher, se suspendant aux nues,
Parcourant d'un seul trait des routes inconnues,
La vapeur sur ses chars, terrestres ou marins,
Porte dans mille endroits les peuples pèlerins;
Et l'habitant glacé des rives boréales
Peut venir se chauffer aux zones tropicales.
Puis, j'ai foulé le ciel, et l'électricité
A ma voix a subi la domesticité.
Grâce à ce messager plus prompt que la parole,
Un pôle correspond avec un autre pôle;
Et, par-dessous la mer, Édimbourg et Toulon
Peuvent causer entre eux comme dans un salon.
Oui! je suis l'âge heureux de la démocratie,
Et mon règne accomplit la vieille prophétie.
Ouvrez les yeux! Mon front, brillant de puberté,
Porte écrits ces grands mots : *Droits égaux, Liberté.*
Faudrait-il du passé suivre encor les exemples?
Quel profit tirait-il de ces superbes temples,
Des colonnes, des arcs, des monuments fameux
Qu'il élevait à l'homme ou qu'il vouait aux Dieux?
Offraient-ils un asile au peuple en sa misère?
Non!... C'étaient des lieux saints, entourés de mystère;

Que des fourbes hardis, égarant la raison,
Au nom des Dieux du ciel se donnaient pour maison.
Le mendiant romain gagnait-il une obole
A voir le Colysée ou bien le Capitole?
L'Acropole était-elle un lieu qui vit, le soir,
Distribuer au pauvre un meilleur brouet noir?
De tous ces monuments vantés dans les deux langues,
Je n'en admets que deux : la Tribune aux harangues
Et le Cirque. A mes yeux, le reste n'était rien
Qu'un luxe coûtant cher sans produire aucun bien.
Loin de les arracher, je respecte les herbes,
Qui couvrent les débris de ces temples superbes;
Et certes, de grand cœur, je livrerais au vent
Ces bouquins sur lesquels on s'endort si souvent.
L'art seul ne nourrit pas; il est à peine utile.
Je préfère au savant l'industriel habile;
Au débile rêveur, un forgeron bien fort;
Aux œuvres de l'esprit, celles d'un bon rapport.
Voyez ce que j'ai fait de vos châteaux gothiques!
Je les ai transformés en immenses fabriques.
Au lieu de la tourelle et des massifs remparts
Où s'étendait la mousse et régnaient les lézards,
J'ai fait des pavillons, et la blancheur du plâtre
Plaît beaucoup mieux à l'œil que la teinte grisâtre

Des vieux murs, des donjons, des tours et des créneaux,
Où se plaît à rêver l'amant des vieux tombeaux.

Dans ces blocs de granit, ces pierres blasonnées,
Par la main des maçons carrément façonnées,
J'ai trouvé largement de bons matériaux
Pour asseoir mon usine et bâtir mes fourneaux.
Des gardes, des seigneurs, j'ai démoli les salles,
Et fait vendre au marché le superflu des dalles.
En place de la tour où sonnait le beffroi,
Disant l'heure aux passants, dont il doublait l'effroi,
S'élèvent jusqu'aux cieux la svelte pyramide
Et le tuyau lançant une vapeur rapide,
Qui sort de sa prison avec un bruit d'enfer,
Se condense aussitôt et se fond dans l'éther.

J'ai redonné la vie à ces vieux presbytères,
Aux cloîtres, aux moutiers, aux nombreux monastères,
Qu'en des temps déjà loin bâtirent nos aïeux,
Pour y loger l'essaim des fainéants pieux,
Des moines, qu'en un jour de colère immortelle,
Le grand quatre-vingt-neuf balaya de son aile.

Les portails mutilés, par la mousse couverts,
Au monde industriel ma main les a rouverts;
Et la cloche pendue à la vieille tourelle,
A pris une voix jeune, et chaque jour appelle,

Non plus des paresseux, mais de bons ouvriers.

Voyez-les réunis à l'entour des métiers;

Leur diligente main fait voler la navette

Dans les tissus soyeux, dont la trame reflète

Les riantes couleurs d'ingénieux dessins.

  Ces voûtes où, jadis, moines et capucins

Détonnaient le plain-chant de leur voix nasillarde,

Répètent le refrain d'une chanson gaillarde,

Que dit sur un ton vif un groupe de chanteurs.

Parmi ces ouvriers se trouvent des conteurs,

Peut-être un peu grivois, mais de façons gentilles,

Et disant de ces mots qui font rire les filles.

Les propos se croisant, aiguillonnent l'esprit,

Et, tout en travaillant, l'on s'amuse et l'on rit.

D'autres plus au courant des choses politiques,

Disent à l'atelier les affaires publiques;

Discutent le Pouvoir, commentent les journaux,

Et dans de bons discours, vraiment nationaux,

Charment leurs auditeurs, les tiennent en haleine,

Et des vieux préjugés entretiennent la haine.

Ils sont pauvres, dit-on; mais sur leur pauvreté

J'ai jeté le manteau de notre liberté.

Pour leur faire oublier le mal de la semaine,

Ils ont tous les plaisirs que le dimanche entraîne :

Mabile, la Chaumière, et même le Vauxhal,
Vous montrent ce jour là mes ouvriers au bal.
Pouvez-vous distinguer les héros de l'usine
Parmi tous ces danseurs que la valse hallucine?
Non ; car à tous mes fils, de joie et de bonheur
Je fais la part égale, et c'est là mon honneur.
Au lieu de transformer cette vie en carême,
Je veux que, sans souci, l'on s'amuse et l'on aime ;
Et si demain quelqu'un me demande du pain,
Au son de mes grelots j'endormirai sa faim.
Voilà. comment j'entends conduire ce bas monde !

DEUXIÈME PARTIE.

Je ne le sais que trop, la plaie est bien profonde,
Et je te reconnais, siècle impie et vénal.
Oh! que ne suis-je armé du fouet de Juvenal,
Pour fouailler jusqu'au vif ta pourpre souveraine,
Et montrer sous ta peau ta hideuse gangrène.
Tu railles les savants et les âges passés;
Mais, voyons, tes chemins, qui te les a tracés?
A qui s'adressent donc tes insignes révoltes?
Quelle main a semé le grain que tu récoltes?
Ce progrès merveilleux sous ton ciel a lui;
Mais, te figures-tu qu'il soit né d'aujourd'hui?
As-tu donc négligé de lire la *Genèse,*
De la création admirable exégèse?
Faut-il, pour amoindrir ton ridicule orgueil,
Du passé, dont tu ris, découvrir le cercueil;
Et, partant des cités de la sage Chaldée,
Où la loi des Soleils fut d'abord hasardée,

Nommer Thimocaris, Ptolémée et Platon,
Pour arriver, enfin, à Képler et Newton?
En physique, qu'as-tu de plus grand qu'Archimède?
As-tu le point d'appui dont il demandait l'aide?
Aurais-tu découvert son levier triomphant?
Rappelle-toi que c'est aux jeux d'un pauvre enfant,
Qu'on a dû l'instrument par lequel Galilée
Sonda les profondeurs de la voûte étoilée;
Car souvent, pour punir l'orgueil des érudits,
Dieu livre ses secrets aux faibles, aux petits.
Hérodote du monde a dessiné les cartes;
Copernic vint après complété par Descartes;
Le système hardi de la rotation
Fut fixé par la loi de gravitation;
Pour guider tes vaisseaux de l'un à l'autre pôle,
Flavio de Gioia te donna la boussole;
Avant Fulton, Papin trouvait son digesteur;
De Jouffroy construisait des bateaux à vapeur,
Et l'électricité, cette grande merveille,
A Leyde, Musschenbrœg la mettait en bouteille.
    Ainsi, tu n'as rien fait, tu n'as rien découvert,
Le livre que tu lis dès longtemps est ouvert;
Tu n'es qu'un simple anneau de cette grande chaîne
Que forge la science et que le temps entraîne.

Les savants d'autrefois t'ont fait leur héritier,
Sans prévoir que de l'art tu ferais un métier.

   Aussi, loin d'imiter ceux-là, dont le génie,
En découvrant des cieux la grandeur infinie,
Devant leur Créateur humblement s'abaissait,
Toi, tu crois au moyen d'un calcul bien abstrait
Et d'un long télescope observer Dieu lui-même.
Tu cherches les secrets de l'essence suprême,
Et des flambeaux du ciel mesurant la hauteur,
Tu ne sais pas y voir le nom de leur auteur.
Sous ton niveau fatal tout sentiment s'abaisse,
Et je conçois fort bien que l'Égypte, la Grèce
Et l'antique Italie excitent ton mépris :
Tu ne comprendrais rien à leurs nobles débris.
L'esprit humain se perd, se matérialise,
L'or seul le fait mouvoir, l'or seul le galvanise,
Et les poumons séchés par ton souffle astringent,
L'homme ne sait parler que ce seul mot : *Argent !*
Tu demandes quel fruit ces cités souveraines
Qui se nommaient Memphis, Rome, Corinthe, Athènes,
Tiraient du Capitole et de leur Panthéon ;
Quel profit Périclès, Auguste ou bien Léon
Espéraient de ces Dieux taillés dans la carrière,
Merveilles d'autrefois, que couvre la poussière,

Et que leur rapportaient leurs coûteux monuments?
...Ce qu'ils leur rapportaient!... Tous ces grands dévoûments,
Ces âmes de granit, cette vertu virile,
Ces héros devant qui notre époque servile
A s'incliner bien bas quelquefois se surprend.
A regarder en haut l'homme devient plus grand;
Il sent qu'il a reçu d'une main libérale
L'honneur, la vérité, l'éternelle morale,
Et que, chargé par Dieu de ce triple attribut,
Il doit suivre sa voie et marcher à son but.
Ces sentiments créaient des vertus inconnues;
Ces dictateurs romains qu'on tirait des charrues,
Qui sauvaient la Patrie, et quittaient le Pouvoir
En léguant au Sénat la charge de pourvoir,
Pour cause d'indigence, aux frais des funérailles.
C'est alors qu'on voyait déchirer leurs entrailles,
Ces hommes, qu'enchaînait le respect de la loi,
Ce Régulus mourant esclave de sa foi.
Aux mœurs des Scipion compare donc tes vices,
Ta passion de l'or et tes honteux caprices;
Et s'il reste en ton cœur un peu de bonne foi,
Dis : quel est le meilleur, de ces temps ou de toi?
Hélas! je le sais trop : les âmes poétiques
Ne pourront plus rêver aux ruines gothiques;

Interroger leur cendre et demander aux morts
Des leçons de vertu qui nous rendent plus forts;
Repeupler à leur gré les cloîtres solitaires,
Rallumer les flambeaux des sombres sanctuaires,
Rendre à ces vieux arceaux, à ces murs dévastés,
Leur culte, leur encens et leurs solennités;
Écouter dans leur cœur la voix des saints cantiques,
Que la religion chantait sous ces portiques;
De la noire fougère écarter le manteau,
Et lire les vieux noms gravés sur un tombeau.

Mais, de quatre-vingt-neuf rejeton cacochyme,
Qu'as-tu fait pour combler le redoutable abyme
Au bord duquel, souvent, je t'aperçois pâlir?
Eh quoi! ne saurais-tu qu'abattre et démolir?
Comment remplaces-tu ces vieilles abbayes,
Par la foule jadis à toute heure envahies;
Ces lieux où l'indigent recevait chaque jour
Le pain que pétrissait l'évangélique amour?
Qu'as-tu fait pour venir en aide à sa détresse?
A quel grenier public faudra-t-il qu'il s'adresse?
Crois-tu qn'il suffira qu'au dessert d'un festin,
Gorgé de mets exquis, ivre de chambertin,
Tu proclames bien haut, avec forfanterie,
L'aumône d'un concert ou d'une loterie?

Cela remplace-t-il le toit hospitalier
Où se rassasiait le pauvre journalier?
Ta charité circule avec un tronc sonore,
Et de la patronner l'État même s'honore;
Mais ce bruit orgueilleux n'est pas la charité,
Cet amour inventif, par Dieu même excité.
Celle-ci fuit l'éclat en remplissant sa tâche,
Sa main droite, en donnant, de la gauche se cache;
Sa voix de la douleur apaise les transports,
Et sa pieuse main ferme les yeux des morts.
Les héros débraillés de tes sales buvettes,
Mêlant à leurs jurons d'ignobles épithètes,
S'enivrent, en buvant dans leurs verres crasseux
A la destruction des moines paresseux.
Si je n'ai pas mal vu, c'est là ton cours d'histoire.
Mais, notre beau pays, ce riche territoire,
Ne fut-il pas jadis par leurs bras défriché?
Les seuls Bénédictins n'ont-ils pas arraché
Les forêts qui couvraient l'Allemagne sauvage?
La France, l'Italie et les rives du Tage,
Doivent tous leurs trésors à ces saints travailleurs,
Que vous n'imitez pas, en vous croyant meilleurs.
Ces moines, de leurs mains, arrachaient la bruyère
Qui couvrait la Thuringe, ainsi que la Bavière;

Saint Bernard fécondait les déserts de Clairvaux ;
Saint Robert cultivait les landes de Cîteaux ;
Et ces bons précepteurs apprenaient à la plèbe,
Au lieu de la maudire, à respecter la glèbe :
Ce sont eux, en un mot, qui firent nos guérets.

De leur saint dévoûment veux-tu d'autres effets ?
Les voici : Dans les temps d'âpres sauvageries,
Ils créaient les chemins et les messageries ;
Ils construisaient des ponts, des villes, des hameaux ;
Ils fondaient l'hôpital, ouvert à tous les maux ;
Inventaient les métiers que l'industrie exerce ;
Donnaient aux nations les règles du commerce ;
Domptaient la barbarie, en lui donnant des lois,
Et des voleurs armés délivraient nos grands bois.
Du fabuleux Cattay Ricci t'ouvrit la voie,
Et c'est un moine encor qui t'a donné la soie.

Est-ce assez?... Quand croula le colosse romain,
Que la nuit se faisait autour du genre humain,
Ces moines paresseux, d'une main vigilante,
Protégèrent des arts la flamme vacillante,
Et, de l'antiquité pour sauver les écrits,
Consumèrent leur vie entre deux manuscrits.
Quand des fléaux de Dieu la tâche fut remplie ;
Quand les hommes du Nord peuplèrent l'Italie,

De ces cloîtres, fermés comme de grands tombeaux,
Sortirent tout-à-coup ces immortels flambeaux,
Chefs-d'œuvre de l'esprit, modèles d'éloquence,
D'un monde châtié marquant la renaissance;
Et des évènements le fil fut renoué
Par le travail ardu d'un moine dévoué.

Tous ces lieux qu'habitait autrefois la science,
Où régnait la prière et qu'aimait le silence,
Sont aujourd'hui peuplés de filles, de garçons,
Pêle-mêle chantant leurs étranges chansons.
Tes ateliers sont pleins; mais notre agriculture
Se meurt faute de bras aptes à la culture.
Aux bienfaits d'un air pur tu ravis les enfants,
Pour les amonceler dans des murs étouffants.
Au bout de quelque temps, leur mère les regarde,
Et ne reconnaît plus leur figure blafarde;
Leurs traits se sont flétris, et sous leur œil hagard
S'étend de l'alcool le détestable fard.
La race des Gaulois s'amoindrit, s'étiole;
Car ce n'est pas en vain que jamais on viole
Les lois de la nature; un arbre rabougri
Ne donne en la saison qu'un fruit terne et flétri.

Voilà ce que tu fais de leur corps; quant à l'âme,
Tu t'occupes fort peu que sa divine flamme

S'élève vers le ciel ou rampe tristement,
Faute de ces vertus qui sont son aliment.
Si les bras et les mains te vendent leurs services,
Que te font, après tout, et le cœur et ses vices?

   Tu n'as qu'un Dieu : c'est l'or, et ta divinité
Dévore chaque jour une moralité.
Pour pouvoir assouvir sa soif d'agiotage,
Le fils de ses parents convoite l'héritage;
L'avarice, le vol, le sordide calcul
Remplissent les esprits de leur triple cumul,
Et des enfants trouvés les listes impudiques
Brillent de plus d'un nom sorti de tes fabriques.
Si tu ne t'aveuglais, tu serais effrayé
Du chemin que parcourt ton char mal enrayé.
Les croyances du bien s'en vont une par une,
Et de tes ateliers, transformés en tribune,
Sortiront quelque jour ces hideux bataillons
D'obscurs séditieux hurlant sous les haillons,
Qui présentent aux Rois, sur le fer de leurs piques,
Leurs ordres souverains en forme de suppliques.
C'est juste; car au peuple instruit de son pouvoir,
Jamais tu n'enseignas cet autre mot : *Devoir*.
Jetterai-je la pierre à cette pécheresse?
Non; mais je maudirai ton luxe, dont l'ivresse,

Attisant dans son cœur le feu d'un fol orgueil,
Consuma sa vertu, dont nous voyons le deuil.

Ce sont bien là nos mœurs, comme tu les a faites.
Vanteras-tu tes bals, tes concerts et tes fêtes?
Cette ivresse fébrile et ces vifs excitants
Témoignent mieux encor des tristesses du temps.
Le peuple qui se rue aux plaisirs spasmodiques,
Prouve qu'il a perdu ses foyers domestiques;
Et le vent qui le pousse à de frivoles jeux
Précède la tempête et les jours orageux.
Jamais Rome ne fut plus nombreuse aux théâtres,
Ne remplit mieux le cirque et les amphithéâtres,
Qu'à l'heure où l'on voyait s'avancer à grands pas
Les peuples inconnus chargés de son trépas.
Non, ce n'est pas au bal qu'on trouve le remède
A cet horrible mal qui partout nous obsède.
Pour guérir la gangrène existant dans les cœurs,
Ce ne sont pas des lois qu'il nous faut, mais des mœurs.
Que la Religion, dans ses mains souveraines,
Du char industriel saisisse enfin les rênes !
Alors nous oserons regarder l'avenir,
Et ce siècle de fer pourra se soutenir.

www.ingramcontent.com/pod-product-compliance
Lightning Source LLC
Chambersburg PA
CBHW061742180626
46818CB00006B/2704